FIESTA PARA 10

CATHRYN FALWELL

CLARION BOOKS
New York

Originally published as: *Feast for 10*

Clarion Books
a Houghton Mifflin Company imprint
215 Park Avenue South, New York, NY 10003
Text and illustrations copyright © 1993 by Cathryn Falwell
Spanish translation copyright © 1995 by Scholastic Inc.
All rights reserved.

Reprinted by permission of Scholastic Inc.

For information about permission to reproduce selections from this book, write to
Permissions, Houghton Mifflin Company, 215 Park Avenue South, New York, NY 10003.

Printed in the U.S.A.
ISBN 0-618-37859-6

Para
mi familia

en
recuerdo
de mis
queridas abuelas

Willie Mae McCaullen Chauvin
y
Evelyn Haning Falwell

que tantas fiestas
nos prepararon

1 un
carrito
entra al
supermercado

2 dos
calabazas
para
un pastel

3 tres pollos para el sartén

**4** cuatro
niños
corren
a buscar
algo más

5 cinco
clases
de frijoles

6 seis
manojos
de acelgas

7 siete
encurtidos
en frascos
metidos

ocho
tomates
rojos

9 nueve
papas
con ojos

10 diez manos para ayudar a cargar el carro.

Y entonces . . .

1 un carro vuelve del supermercado

2 dos
mirarán

4 cuatro
probarán
y más
pedirán

5 cinco
latas
vacías

**6** seis
ollas para
el día

7 siete
zanahorias
más para
lavar y
pelar

8 ocho
platos
para
cenar

9 nueve
sillas
para
platicar

10 ¡diez personas hambrientas cenan alegremente!